TRISTAN BERNARD

Les Coteaux du Médoc

COMÉDIE EN UN ACTE

PARIS

LIBRAIRIE THÉATRALE

30, RUE DE GRAMMONT, 30

1905

LES

COTEAUX DU MÉDOC

COMÉDIE EN UN ACTE

Représentée pour la première fois à Paris, sur le Théâtre du Vaudeville,
le 2 décembre 1903.

TRISTAN BERNARD

LES
COTEAUX DU MÉDOC

COMÉDIE EN UN ACTE

PARIS

LIBRAIRIE THÉATRALE

30, RUE DE GRAMMONT, 30

1905

A MARTHE RÉGNIER

A ABEL TARRIDE

Leur ami,

T. B.

PERSONNAGES

HENRI . . . . MM. Tarride.
LE CONCIERGE . . . . Aussourd.
BERTHE . . . . Mˡˡᵉ Marthe Régnier

LES
COTEAUX DU MÉDOC

La scène est partagée en deux. Au fond de la partie gauche et au fond de la partie droite, une porte. Une porte au premier plan à droite (partie droite) et au second plan à gauche (partie gauche).

SCÈNE PREMIÈRE

HENRI, LE CONCIERGE.

Ils sont sur la partie gauche de la scène.

LE CONCIERGE.

Je portais la quittance du terme au locataire de l'appartement d'à côté... Alors, j'entrais voir en passant si monsieur est content de son installation.

HENRI.

Oui, oui. Ça va bien, ça va très bien.

LE CONCIERGE.

Le domestique de monsieur a dû sortir... Si monsieur a besoin de quelque chose en son absence?

HENRI.

Je vous remercie.

LE CONCIERGE.

Monsieur se trouvera bien à l'aise dans cet appartement, et n'aura pas à se repentir de la location ; la maison est tout ce qu'il y a de paisible et convenablement habitée.

HENRI.

Dites donc. Est-ce qu'il n'est pas arrivé ce matin une grande bonbonne à mon adresse?

LE CONCIERGE.

Non, monsieur.

HENRI.

Vous n'avez pas vu mon domestique en descendre une à la cave ?

LE CONCIERGE.

Non, monsieur.

HENRI.

C'est insupportable! Je vais téléphoner aux Coteaux du Médoc.

LE CONCIERGE.

C'est une maison de vins fins, je connais. Ils ont les grands crus de Bordeaux.

HENRI.

Oui, c'est là que je prends mon eau d'Evian. Depuis
que le commerce de vins a baissé, ils ont trouvé le
moyen de se refaire, en vendant de l'eau minérale.
Au lieu de mettre leur eau dans du vin, ils la met-
tent dans des bouteilles d'Evian.

LE CONCIERGE.

Alors, puisque monsieur sait ça, pourquoi ne boit-
il pas simplement de l'eau du robinet?

HENRI.

Parce que je ne suis pas absolument sûr que cette
eau d'Evian soit fausse et malsaine. Tandis qu'avec
l'autre, l'eau du robinet, je suis fixé. J'aime mieux
garder un petit risque d'avoir de la bonne eau.

Il s'asseoit et tourne la manivelle de sonnerie.

LE CONCIERGE.

Au revoir, monsieur.

Henri continue à tourner.

HENRI, chantant.

Et pendant ce temps-là
Je tourne la manivelle !

(Parlé.) Elles ne répondent pas. Je suis dans le dé-
sert... dans la nuit... (Tournant.) Ayez pitié d'un pau-
vre aveugle, s'il vous plait !

Berthe entre par la porte de droite, suivie du concierge.

BERTHE.

C'est heureux que je rentre maintenant. Vous n'auriez trouvé personne. Ma femme de chambre est al-
lée en course... Je lui avais pourtant dit d'attendre

mon retour. Si quelqu'un a téléphoné en mon absence, je n'en saurai rien... tenez, voilà l'argent du terme.

LE CONCIERGE.

Merci, madame.

Il sort.

HENRI.

Allô ! allô ! Donnez-moi le 202, 02. (Après un temps.) Allô ! allô ! Les Coteaux de Médoc. Oh ! je vous demande pardon, monsieur... Allô ! allô !... Voulez-vous avoir l'amabilité de sonner de votre côté, pour qu'on me décroche... Elles sont abominables (Un temps)... Allô ! allô ! C'est le bureau ? Vous vous êtes trompée de numéro... Voulez-vous me donner le 202...02 ?... je n'ai jamais vu un service si mal fait ! Allô ! Gutenberg !... Ce Gutenberg est stupide... Allô ! allô !... (La sonnerie retentit dans l'appartement de Berthe qui vient à l'appareil, et prend le récepteur.) Enfin ! Allô ! Les Coteaux du Médoc ?

BERTHE.

Non, monsieur.

HENRI.

Sacristi de petits chameaux !

BERTHE.

Dites donc, monsieur !

HENRI.

C'est à ces demoiselles. Voilà la deuxième fois qu'elles se trompent. Déjà tout à l'heure... je de-

mandais les Coteaux du Médoc! et elles m'ont adressé
à un monsieur... Je vous demande pardon, madame.
Voulez-vous avoir l'obligeance de sonner de votre
côté? sans ça elles ne me décrocheront pas?... (Ils
sonnent chacun de leur côté. Sonnerie aux deux appareils.
Henri prend les récepteurs, et Berthe aussi.) Allô! allô!
allô!

BERTHE.

C'est toujours moi.

HENRI.

C'est insupportable... C'est-à-dire... ce n'est pas
insupportable que ce soit vous... C'est insupportable
de ne pas pouvoir... Je vous en prie, madame, voulez-vous quitter l'appareil et sonner en même temps
que moi?... (Même jeu. Nouvelle sonnerie.) Allô! allô!
allô! Le bureau?

BERTHE.

Non, moi.

HENRI.

Nous sommes accrochés pour la vie... Bonjour,
madame. On se retrouve pour la troisième fois. On
est déjà de vieilles connaissances.

BERTHE.

Ça va bien depuis qu'on ne s'est entendu?

HENRI.

Très bien! Toujours aussi jolie? A propos, est-ce
que vous êtes jolie?

BERTHE.

Je ne sais pas.

HENRI.

Avec ça que vous ne savez pas?

BERTHE.

Je vous assure. Les gens me disent que je suis jolie. Mais les gens sont si polis et si flatteurs.

HENRI.

Mais vous, qu'est-ce que vous en pensez?

BERTHE.

Je change d'avis. Il y a des jours où ma figure
m'est insupportable. Et, d'autres fois, je reste des
demi-heures devant ma glace à trouver que je ne
suis pas mal. Et vous, est-ce que vous êtes joli garçon ?

HENRI, résolument.

Oui. madame.

BERTHE, riant.

Vous avez bien dit ça !

HENRI.

Vous ne m'avez pas compris. Mon « oui » énergi-
que signifie que je veux que vous me croyiez beau. Je
vous aime. Où êtes-vous que j'y coure ?

BERTHE.

En ce moment ?

HENRI.

Oui. D'où me téléphonez-vous ?

BERTHE.

De Saint-Germain-en-Laye.

HENRI.

Vous mentez effrontément.

BERTHE.

Dites donc !

HENRI.

C'est un hideux mensonge. Vous êtes à Paris ! On
donne souvent un abonné pour un autre, mais c'est
un abonné du même bureau. Vous ne voulez pas me
dire où vous êtes? Je le saurai.

BERTHE.

Comment ça ?

HENRI.

Je demanderai au bureau le numéro de la personne avec qui je causais, et je feuilletterai une à
une toutes les pages de l'annuaire pour trouver le
nom qui correspond à ce numéro.

BERTHE.

D'abord, je ne crois pas que le bureau vous dise le
numéro et, en admettant que vous ayez le nom de
l'abonné, il ne vous apprendra rien sur moi. Je ne
suis pas chez moi, je suis... dans une pâtisserie.

HENRI.

Pourquoi cette hésitation ?

BERTHE.

Je n'ai pas hésité...

HENRI.

Où est cette pâtisserie ?

BERTHE.

Dans les Champs-Elysées ?

HENRI.

Décrivez... Où est le téléphone ?

BERTHE.

Dans une arrière-boutique. Il y a autour de moi
des plats commandés, des pièces montées, des timba-
les de crevettes, des tartes aux fruits.

HENRI.

C'est exact comme description... Mais ça peut être
un souvenir... Voyons... Je connais toutes les pâtisse-
ries des Champs-Elysées. J'ai eu l'occasion de téléphoner dans chacune d'elles. La pâtisserie que vous
me décrivez doit être au coin de la rue La Boëtie.

BERTHE.

C'est cela même.

HENRI.

En vous penchant un peu vous devez apercevoir par
une des vitres de l'arrière-boutique, sur la façade d'en
face, une plaque bleue : rue La Boëtie.

BERTHE.

Je vois la plaque... rue... La Boëtie.

HENRI.

Eh bien, vous mentez ! Il n'y a pas de pâtisserie au
coin de la rue La Boëtie... C'est une pharmacie...
Vous avez voulu me dérouter... Vous êtes chez vous.

BERTHE.

Mais vous êtes d'une malice effroyable... Vous me
faites peur! Je ne veux plus téléphoner avec vous!

HENRI.

Si, si, restez! C'est lâche de vous en aller comme ça!

BERTHE.

C'est que j'ai à faire.

HENRI, avec autorité.

Vous n'avez rien à faire.

BERTHE.

Comment? Je n'ai rien à faire?

HENRI.

Vous n'avez rien à faire d'intéressant. Avez-vous
un amant?

BERTHE.

Oui.

HENRI.

Ce n'est pas vrai.

BERTHE.

Comment... Ce n'est pas vrai?

HENRI.

J'ai senti ça à votre oui. Vous avez dit : oui! en bla-
gue. Si vraiment vous aviez un amant, vous ne plai-
santeriez pas avec ces choses-là. Vous m'auriez dit
« oui » avec une certaine gravité, avec satisfaction,
pour le plaisir d'avouer sans risque votre amant à un

inconnu... Vous n'avez pas d'amant... (Le concierge entre chez Berthe.) Vous n'en avez pas!

BERTHE.

Eh bien, pour vous montrer que j'en ai un, je vais vous le faire entendre, attendez..(Au concierge.) Arrivez ici, et dites dans l'appareil: je suis le monsieur dont vous a parlé madame.

LE CONCIERGE, timidement.

Je suis le monsieur dont vous a parlé madame.

HENRI.

Ah! vous êtes le monsieur dont m'a parlé madame! Eh bien, je voudrais bien savoir où vous demeurez.

LE CONCIERGE, à Berthe.

Il voudrait savoir où c'est que je demeure.

BERTHE.

Demandez-lui pourquoi ça?

LE CONCIERGE, dans l'appareil.

Pourquoi ça?

HENRI.

Pour aller vous flanquer une paire de gifles.

LE CONCIERGE, après un moment de silence.

... Ah! j'y tiens pas!

BERTHE.

Qu'est-ce qu'il dit?

LE CONCIERGE, à Berthe.

Il dit comme ça qu'il veut me flanquer une paire de

gifles. J'y réponds que j'y tiens pas. (Dans l'appareil.)
J'y tiens pas.

HENRI.

Vous n'y tenez pas. Vous êtes un pleutre, monsieur.

LE CONCIERGE.

C'est bien possible. (A Berthe.) Il dit que je suis... je
ne suis pas quoi. (A Henri.) Je ne sais pas ce que c'est.

BERTHE, lui prenant l'appareil.

C'est bon. Allez-vous en. Je vous remercie.

LE CONCIERGE.

Si des fois il vient, madame, vous ne me connaissez
plus. Je n'ai peur de personne. C'est vous dire que
je ne tiens pas à chercher des raisons et que je ne
suis pas ici pour recevoir des calottes... (A part.) At-
trape! Je lui ai bien posé ça.

Il sort.

HENRI, à Berthe qui a repris l'appareil.

Allô!... Vous revoilà!... Pourquoi choisissez-vous
vos amants dans des classes aussi modestes? Comme
c'est malin de me raconter des blagues dans le téléphone! Comme c'est malin d'inventer des gens que
la personne à qui on parle ne peut pas voir! Mon
ami Henriquez, qui est ici, trouve ça déplorable.
N'est-ce pas, Henriquez? (Imitant l'accent espagnol.)
Pour sour, ce n'est pas digne d'oune femme intelli-
zente.

BERTHE.

Ah! monsieur est Espagnol?

2

HENRI.

De Barcelona.

BERTHE.

Chi bagita conta se vero catalona fuentes, chi bagita
loro ?

HENRI, après une grimace.

Mon ami Henriquez reste muet... Ça lui fait telle-
ment d'émotion d'entendre sa langue maternelle !

BERTHE, riant.

Allons ! C'est vous qui êtes pincé cette fois !

HENRI.

Je l'avoue piteusement et loyalement. Nous sommes
quittes. Ecoutez : on va jouer maintenant à se dire
la vérité. Ce n'est vraiment pas la peine d'être dans
cette situation exceptionnelle, et de ne pas se connaître, pour se dire des mensonges. Laissons ça aux gens
qui se connaissent... Allons ! la vérité !... Avez-vous
un amant ?

BERTHE.

Non.

HENRI.

Il vous en faut un. Nous allons vous chercher ça.

BERTHE.

En tout cas je ne veux pas de vous.

HENRI.

Hé mais ! dites donc, est-ce que je me suis proposé ?
Attendez, attendez ! Il faut que je m'assure mieux de
vos qualités morales. Si je vous voyais, comme vous
êtes probablement jolie, je passerais sur les qualités

morales... Votre visage me répondrait de votre âme,
et me donnerait sans doute de fausses garanties.

BERTHE.

Mais, permettez, vous me demandez si j'ai un
amant et vous ne me demandez pas si j'ai un mari.

HENRI.

Je procède par ordre. La place n'est pas occupée
par un amant. Est-elle encombrée par un mari? Y
a-t-il mari? Et quel est-il?

BERTHE.

C'est un type dans le genre de la jument de Roland,
il a toutes sortes de défauts; mais il a une qualité
admirable : il n'existe plus.

HENRI.

Mort de quoi?

BERTHE.

De sa belle mort. Il est remarié.

HENRI.

Depuis quand est-il divorcé?

BERTHE.

Depuis deux ans.

HENRI.

Quel motif?

BERTHE.

Il m'a trompée.

HENRI.

Et vous avez divorcé pour ça?

BERTHE.

Je lui ai parlé de divorce. S'il n'avait pas consenti, j'aurais laissé ça tranquille. Mais il a cru que j'y tenais absolument. Il a dit oui. Et nous avons divorcé.

HENRI.

Et depuis votre divorce on ne vous a pas fait la cour?

BERTHE.

Je vais vous dire une chose qui va vous sembler bête. Ça m'est un peu égal d'être bête puisque vous ne me voyez pas. Mais c'est la première fois qu'un homme me parle aussi longtemps. Depuis mon enfance, on m'a habituée à avoir peur des hommes. Alors, dès qu'ils me parlent, j'ai peur; comme j'ai peur, je ne les écoute pas. Je ne pense qu'à avoir peur. Et comme ils voient que je n'écoute pas, ils ne parlent plus. Vous, je peux me permettre de vous écouter un peu, je suis hors de vos atteintes.

HENRI.

Mais votre mari?

BERTHE.

Croiriez-vous que lui ne m'a, pour ainsi dire, jamais parlé? Quand nous étions fiancés, quand on nous laissait seuls, il m'embrassait silencieusement. Ça ne me faisait pas une forte impression quand il m'embrassait, mais je me répétais : « C'est un beau garçon. On

dit que c'est agréable d'être embrassée par un beau
garçon. Ça doit donc me faire plaisir. » Et puis je
pensais qu'il parlerait davantage après la noce. Après
la noce, il ne m'a plus rien dit du tout. Nous voyagions.
Comme nous ne nous quittions jamais, il n'avait
même pas la ressource de me demander comment
j'allais. Et puis, nous sommes revenus à Paris; j'ai
appris qu'il avait une maîtresse, chez qui plusieurs
fois par semaine il me trompait en silence. Nous avons
prononcé l'un et l'autre quelques paroles froides. Je
lui ai demandé de divorcer. Il a accepté sans enthou-
siasme. Depuis deux mois il est remarié, car il ne
supporte pas la solitude, et il se tait maintenant chez
une autre femme... (Un temps.) Eh bien! quoi! ça se
gagne, le silence? C'est vous qui vous taisez, à présent?

HENRI.

Je me tais parce que j'ai beaucoup de choses à
vous dire... et que je ne sais comment vous les dire.

BERTHE.

Prenez votre temps. La durée des communications
est illimitée sur le réseau urbain... Non, mademoiselle, nous causons... Eh bien, qu'avez-vous à me
dire ?

HENRI.

Quelle belle invention que le téléphone !

BERTHE.

C'est là le résultat de vos réflexions.

HENRI.

C'est une invention admirable ! Je ne sais pas où

vous êtes. Vous ne savez pas où je suis. Nous sommes peut-être à une lieue l'un de l'autre et peut-être à cent pas. Et nous commençons à nous connaître mieux que si nous savions qui nous sommes! Nous aurions pu nous voir et nous parler pendant deux ans sans nous connaître aussi bien que par cette conversation de quelques minutes. Si nous nous étions vus, vous, avec votre timidité, votre coquetterie, votre hypocrisie féminine...

BERTHE.

Merci.

HENRI.

Un peu de patience, vous allez voir comment je vais m'arranger. Moi, avec ma vanité, ma fatuité, ma roublardise masculine, mon besoin d'étonner, avec tous ces mensonges réciproques, chacun de nous serait arrivé à se défigurer. Et grâce à ces quelques mots que vous m'avez dits sans défiance, me voilà renseigné sur vous-même. Oui, je suis renseigné... et je suis charmé. J'ai profité de ce que je ne vous voyais pas pour vous dire des rosseries. Je ne sais pas pourquoi je ne vous dirais pas brutalement des choses aimables. Je suis charmé, nom de nom !

BERTHE.

Sacrebleu!... vous me plaisez!

HENRI.

Ecoutez... écoutez, femme inconnue. Maintenant qu'on s'est assez bien parlé pour se connaître, on ne

se mentira plus. Rien ne s'oppose plus à ce qu'on
se voie... Qui êtes-vous?

BERTHE.

L'inconnue !

HENRI.

Voilà. C'est bien ça. Voilà l'ignoble éternel fémi-
nin qui reparaît et vous vous dérobez... Sale bête, va !

BERTHE.

C'est la grande intimité... Si vous m'insultez, je
raccroche le récepteur.

HENRI.

Le chantage... Le chantage à la rupture !... Ecoutez, petite amie, petite amie chérie que j'aime bien...

BERTHE.

Je ferme l'appareil.

HENRI, après une grimace de rage.

Je vous préviens qu'en ce moment mon visage ex-
prime l'impatience et la fureur... Allons! Je ne vous
appellerai ni chérie, ni sale bête. Je vous dirai seu-
lement en termes mesurés, que ce serait très mal de
me priver de vous, que ce serait criminel. Je ne vous
connais que par votre voix. Mais je suis conquis par
elle. Il y a en elle une douceur...

BERTHE, flattée.

Ne coupez pas, mademoiselle !... Mais vous savez
que ces appareils changent beaucoup la voix. Vous
ne la reconnaîtriez plus.

HENRI.

Mais je reconnaîtrais votre façon de vous exprimer, et les mots que vous disiez, les explications simples, naturelles... Qui êtes-vous ?

BERTHE.

Je vous le dirai encore moins que tout à l'heure... maintenant... Tout à l'heure, je n'avais pas peur.

HENRI.

Et maintenant ?

BERTHE.

Maintenant, rien...

HENRI.

Maintenant vous avez peur. Oh ! je vous en supplie, dites-moi votre nom !... Vous êtes lâche, vous savez, d'avoir peur pour ça ! Il faut être plus forte. Et puis, si vous ne le faites pas pour vous, faites-le pour moi. Je serai très malheureux si je vous quitte comme ça. J'en aurai le regret toute ma vie.

BERTHE.

Non, je vous en prie, ne me suppliez pas... sans ça, je vais vous le dire... Et ce n'est pas la peine. Je vais quitter l'appareil et vous demanderez vos Coteaux du Médoc. C'est beaucoup mieux comme ça. C'était bien ce petit entretien... C'est tout ce que vous pouviez me donner de mieux.

HENRI.

Votre nom ? votre nom ?

BERTHE, faiblissant.

Je vous le dirai, mais pas tout de suite. C'est curieux, de vous dire mon nom comme ça, c'est comme
un abandon. Laissez-moi quelques instants, je vais
vous le dire tout d'un coup, sans y penser, comme
si je disais autre chose, voulez-vous? Voulez-vous
que nous parlions d'autre chose?

HENRI.

Je n'entends plus rien. Allô! allô! allô!

BERTHE, à elle-même.

On nous a coupés... (Au téléphone.) Allô! allô!

HENRI, à lui-même.

Oh! c'est effrayant! On nous a coupés. (Au téléphone.) Allô! allô!

BERTHE.

Rien ne répond plus... (Regardant autour d'elle.) C'est
agaçant, c'est énervant!

Elle sort par le côté droit.

HENRI, tournant désespérément.

Ces demoiselles du téléphone, ce sont les divinités
mauvaises de notre vie; les démons insaisissables
qui font le mal, on ne sait pourquoi, avec incons-
cience. (Il tourne.) Elles ont disparu. Je n'ai plus devant moi que le néant. Tout vient de sombrer là-
dedans. Je ne la reverrai jamais.

Entre le concierge.

LE CONCIERGE.

Monsieur n'a pas toujours de nouvelles de sa bonbonne d'Evian?

HENRI.

Il s'agit bien de ça! On ne peut pas téléphoner aujourd'hui. C'est effrayant. Elles ne répondent plus.

LE CONCIERGE.

L'appareil est peut-être cassé.

HENRI.

Je n'en sais rien, je ne peux même pas savoir s'il est cassé. On ne répoud pas.

LE CONCIERGE.

Si monsieur tient absolument à téléphoner, je connais peut-être un moyen.

HENRI.

Comment ça?

LE CONCIERGE.

Il y a d'autres locataires dans la maison qui ont le téléphone, monsieur pourrait peut-être téléphoner de chez l'un d'eux.

HENRI.

Vous croyez que ce n'est pas indiscret?

LE CONCIERGE.

Oh! je ne crois pas. En tout cas on peut deman-der.

HENRI.

Et puis, entre abonnés du téléphone, il faut s'en-tr'aider.

LE CONCIERGE.

Monsieur veut-il venir ?

HENRI.

Je viens. Mais je ne la retrouverai jamais.

Ils sortent. Pendant qu'ils sortent par le fond, Berthe
rentre en scène à droite.

BERTHE.

Ça vaut mieux au fond que ça se soit arrêté comme
ça... Ça vaut mieux, ça vaut mieux... Cette petite
histoire m'agace... J'étais bien tranquille, je ne pensais pas à m'ennuyer. Je m'ennuie maintenant... (On
sonne.) Hein ? Qu'est-ce que c'est encore que ça ? En-
trez !

Entre le concierge, puis Henri.

LE CONCIERGE.

Madame, c'est le locataire d'ici à côté qui vous demande la permission de se servir du téléphone.

Il sort.

HENRI.

Excusez-moi, madame, je suis désolé de vous déranger, mais je ne peux pas arriver à téléphoner de
chez moi. Il y a quelque chose de cassé dans l'appareil.

BERTHE.

Je crains bien que vous ne soyez pas plus heureux
avec celui-là... Je ne sais pas ce qu'elles ont aujour-
d'hui à se tromper de numéro et à couper la communication.

HENRI.

C'est précisément ce qui vient de m'arriver. Elles sont abominables.

BERTHE.

Je vous laisse téléphoner.

Elle fait mine de se lever pour sortir.

HENRI, protestant.

Ne vous dérangez pas, madame; si vous vous dérangez, je m'en vais. Je n'ai rien de confidentiel à dire. Vous étiez en train de travailler, je vous supplie de ne pas vous occuper de moi. (Il s'assied et tourne la manivelle.) Il n'y a pas d'exercice aussi inutile! Si c'était au moins plus dur à tourner, ça travaillerait les muscles. (Il tourne.) Ça ne sert à rien.

BERTHE.

Patientez un peu. D'ici deux ou trois minutes, elles se décideront peut-être. C'est comme les esprits qu'on évoque aux tables tournantes. Il faut qu'ils soient bien disposés pour répondre.

HENRI.

L'esprit de Gutenberg ne veut rien savoir aujourd'hui. Je suis désespéré de vous déranger ainsi.

BERTHE.

Entre voisins! Vous êtes emménagé d'aujourd'hui ?

HENRI.

Oui, madame.

BERTHE.

C'est une maison agréable... Moi, j'habite ici depuis deux ans.

HENRI.

C'est monsieur votre mari, ce monsieur un peu gri-
sonnant, que j'ai rencontré dans l'escalier?

BERTHE.

Non. C'est un monsieur au-dessus. Moi, je suis
seule ici. Je suis divorcée.

HENRI.

C'est extraordinaire ce qu'il y a de femmes divor-
cées depuis quelque temps. C'est une loi bien utile.
Justement, tout récemment encore, une dame que je
connais me racontait l'histoire de son divorce. Elle
a divorcé parce que son mari ne lui parlait jamais.

BERTHE.

C'est curieux!... C'est un cas très fréquent, vous
savez? Oui... oui... je connais aussi une personne qui
est à peu près dans ce cas-là.

HENRI.

Les mariages se font le plus souvent d'une façon
si bizarre. On présente l'un à l'autre deux êtres, qui
inconsciemment se jouent la comédie et qui n'arri-
vent jamais à se connaître. D'ailleurs, qui connaît-on
dans la vie?

BERTHE.

C'est bien vrai, ce que vous dites là... on ne se dit
jamais la vérité.

HENRI.

C'est ce que je disais récemment à quelqu'un. J'ai
vécu pendant des mois avec des êtres que je n'ai ja-

mais connus. Et d'autre part, je garderai toujours l'impression d'une conversation très courte que j'ai eue avec une inconnue, une femme que je ne retrouverai peut-être jamais.

BERTHE.

C'est curieux ce que vous me dites là. J'ai eu une impression absolument semblable. La seule voix qui m'ait émue, la seule voix que j'ai sentie amicale et familière, est la voix d'un inconnu. C'est peut-être le seul homme que j'aie écouté sans méfiance et je ne le retrouverai jamais.

HENRI, qui l'a écoutée depuis un instant.

Ce n'est pas vous que je plains, madame.

Sonnerie. — Il ne bouge pas. Deuxième sonnerie.

BERTHE.

Voici le téléphone, monsieur.

HENRI, au téléphone.

Je suis le 204-17. Je ne vous téléphone pas du 204-17, mais je suis le 204-17. Tout à l'heure, je vous avais demandé les Coteaux du Médoc.

BERTHE, après un sursaut.

Les Coteaux du Médoc...

HENRI.

Et vous m'avez mis en communication avec une autre personne.

BERTHE, à elle-même.

C'est lui!

HENRI, après avoir écouté.

Non. Les Coteaux du Médoc, vous me les donne-rez tout à l'heure. Ce que je veux savoir d'abord, c'est le numéro de cette personne.

BERTHE, le regardant, à part.

C'est lui!

HENRI.

Je vous en prie, occupez-vous de le retrouver. Négligez tous les autres abonnés; ils ne diront rien, ils sont résignés. Mais occupez-vous de ça. (Il raccro-che les récepteurs. — A Berthe.) Je crois que je vais re-trouver mon inconnue.

BERTHE.

Vous y tenez donc tant que ça?

HENRI.

On a toujours tort de désirer ces choses-là, parce qu'on se ménage souvent des déceptions.

BERTHE, le regardant.

Oui, on a d'abord une petite déception.

HENRI.

Ah! vous croyez?

BERTHE, d'un air entendu.

J'en suis sûre. Même si la personne qu'on retrouve est assez bien... on est déçu de la retrouver diffé-rente de ce qu'on l'avait imaginée. Puis il se fait dans votre esprit un petit travail... on s'habitue à sa figure et cette personne qu'on n'avait jamais vue, on la reconnaît peu à peu.

HENRI, un peu stupéfait.

Faut-il que vous connaissiez le cœur humain pour imaginer ça comme ça !

BERTHE.

Non, mais j'ai un peu d'expérience... Il m'est arrivé une aventure analogue.

HENRI.

Vous m'avez dit en effet tout à l'heure que vous aviez eu comme moi une conversation avec un inconnu ; mais vous me disiez que vous ne l'aviez pas revu.

BERTHE.

Si, monsieur, je l'ai revu... Je vous ai en effet dit le contraire, mais je l'ai revu.

HENRI, après l'avoir regardée.

Ça m'ennuie ce que vous me dites là.

BERTHE.

Que j'aie revu mon inconnu ?

HENRI.

Oui, parce que si vous n'aviez pas retrouvé votre inconnu... comme moi je n'ai pas retrouvé mon inconnue, nous aurions pu les chercher ensemble, quitte à ne les retrouver ni l'un ni l'autre... Et puis à la longue on se serait peut-être consolé.

BERTHE, avec un peu de dépit.

Ah ! déjà ?... Eh bien, vous n'aurez pas été long à vous consoler !... Il y a un instant, quand vous me

parliez de cette inconnue, il semblait que ce fût pres-
que le grand amour... Décidément ce n'était pas aussi
sérieux que vous le disiez.

HENRI.

Mais si, c'était sérieux. Tout à l'heure, quand on
m'a coupé brusquement la communication, j'ai cru
que je ne m'en consolerais jamais. Et puis... depuis
un instant je commence à me dire qu'il n'y a pas que
cette inconnue sur la terre. Je ne sais pas comment
elle est après tout... Ce n'est pas sûr qu'elle soit
bien... (La regardant.) Tandis qu'il y a d'autres femmes qui sont certainement jolies... et qui me font
une impression très vive.

BERTHE.

Mais non !

HENRI.

Je vous jure !

BERTHE.

Comment voulez-vous qu'on puisse croire à votre
sincérité ? Puisqu'il y a cinq minutes vous vous dé-
clariez épris d'une autre femme !

HENRI.

Qu'est-ce que vous voulez ? C'est comme ça. Dans
la même journée je tombe amoureux successivement
de deux personnes. C'est ridicule, mais c'est comme
ça ! (Un temps. — Sonnerie du téléphone.) Allô ! Allô ! C'est
le bureau !... (A Berthe.) Elle a retrouvé... (A lui-même.)
Deux passions, il va falloir choisir. (Au téléphone.)

3

Allô! Comment? Qu'est-ce que vous dites? (Stupéfait.)
La maison avec qui j'étais en communication tout à
l'heure, c'était... (Il regarde Berthe avec stupéfaction. —
Au téléphone.) Je vous remercie. (A Berthe.) Je vais
vous apprendre une chose extraordinaire... Mais d'a-
bord vous m'avez menti tout à l'heure en me disant
que vous aviez retrouvé votre inconnu. Je sais qui
c'est, cet inconnu, je vais vous stupéfier. (Solennelle-
ment.) Cet inconnu c'était... c'était...

BERTHE, d'un ton calme.

C'était vous.

HENRI, stupéfait.

Vous le saviez! Et vous m'avez laissé parler!

BERTHE.

Et je vous ai laissé parler, oui... Moi, l'inconnue,
j'ai assisté à mon lâchage.

HENRI.

Je ne vous ai pas lâchée... Je suis tombé deux fois
amoureux de vous, voilà tout! Vous m'avez conquis
d'abord par votre voix et ensuite par votre visage.
D'ordinaire les charmes d'une femme opèrent ensemble. Les vôtres ont eu assez de force pour opérer
séparément. (Avec ravissement.) C'est elle!... Ce sont
elles! Ecoutez... Je... Heu... Voilà!... J'ai des tas de
choses à vous dire... Et maintenant devant vous, je
ne sais plus comment vous les dire, moi qui parlais
si facilement tout à l'heure... J'ai envie de rentrer
chez moi et de vous téléphoner...

BERTHE.

Oui, mais du moment que vous demanderez mon numéro, on ne vous le donnera plus.

HENRI.

C'est juste. Mais ne disons pas de mal de ces demoiselles! Ce sont des êtres charmants, des instruments infiniment délicieux de la Providence. Et je leur devrai, j'espère, le bonheur de ma vie. (Berthe fait un mouvement.) J'ai dit : j'espère... Vous, vous pourriez aussi me dire quelque chose... Dites-moi quelque chose.

BERTHE.

Quelle belle invention que le téléphone... Grâce au téléphone nous sommes arrivés à nous entendre, alors que nous étions séparés par un mètre cinquante !

HENRI.

Oui, mais l'inconvénient c'est que l'abonnement soit si cher. Ne pourrions-nous pas, à partir du trimestre prochain, avoir un seul abonnement pour nous deux?

BERTHE.

C'est à étudier.

Sonnerie du téléphone.

HENRI.

Qu'est-ce que c'est encore? (Il prend l'appareil.) O surprise ! (A Berthe.) Savez-vous ce qui est là-dedans? Les Coteaux du Médoc! (Dans l'appareil.) C'est vous, chers Coteaux! Je voulais vous faire une scène terrible... mais je vous dois trop de reconnaissance... Envoyez-moi mon eau d'Evian... Et ce soir j'ai du monde à dîner... (Regardant Berthe.) Oui... oui j'ai du monde à dîner... Envoyez-moi deux bouteilles de champagne...

BERTHE.

Mais je ne bois pas de vin!

HENRI.

Elle ne boit pas de vin! Nous étions faits l'un pour l'autre!...

Rideau.

Imprimerie Gén-ra'e de Châtillon-sur-Seine. — A. Pichat.